AF246049

QUELQUES
OBSERVATIONS

SUR LES

DÉLAIS OBTENUS

ET DE NOUVEAU SOLLICITÉS,

Au profit des Émigrés rentrés dans leurs biens
non vendus ;

AVEC UN

EXPOSÉ DES DÉLIBÉRATIONS

DE LA CHAMBRE DES DÉPUTÉS EN 1814,

PAR M. DE *** PARENT ET CRÉANCIER D'ÉMIGRÉS.

A PARIS,

Chez { DAVI et LOCARD, Libraires, Palais-Royal ;
Galerie de Bois, n. 246.
DELAUNAY, Libraire, même Galerie.

1818.

QUELQUES

OBSERVATIONS

Sur les délais obtenus, et de nouveau sollicités au profit des émigrés rentrés dans leurs biens non vendus ;

Avec un *Exposé des Délibérations de la Chambre des Députés en 1814.*

~~~~~~~~~

LA révolution m'a ôté le patrimoine de mes pères (1). Les rentes que je possédais sur l'Etat

---

(1) Mon père a émigré, mon beau-père a péri sous la hache révolutionnaire en messidor de l'an 3 , trois semaines avant la chute de Robespierre , pendant que , détenu moi-même à la Force comme suspect, j'attendais chaque nuit que l'on vînt m'en arracher pour subir le même sort.
~~~~~~~~~

ont été réduites au tiers; il ne me reste plus que d'anciennes créances, suites de partage avec un parent qui, dès 1789, émigra, emportant mes capitaux dont il n'était que dépositaire. Les bois considérables dans lesquels il rentre aujourd'hui sont le gage spécial de la totalité de mes réclamations; et dans ce moment, après quatre années d'attente, je me vois à la veille d'être entièrement ruiné par des retards que j'étais autorisé à ne plus craindre, ou par des réductions, contraires sous tous les rapports à la pensée royale, si clairement manifestée par la loi du 5 décembre 1814.

Comme français et père de famille, j'ai le droit d'élever la voix; comme victime, c'est encore à moi d'éclairer l'opinion sur ces exceptions éternelles, qui ne servent jamais aux intérêts de quelques individus qu'en lésant les intérêts du plus grand nombre, qu'en altérant sans cesse cette confiance sans laquelle les rouages du gouvernement seront toujours entravés.

La proposition faite par M. le marquis de Chabrillans, et développée par M. Bourdeau dans le comité secret du 5 janvier de cette année, m'a déterminé à rechercher les détails des séances de l'assemblée de 1814.

Ce travail aurait été sans but si l'on n'eût pas voulu provoquer une nouvelle loi sur une question traitée à fond ; il tient trop essentiellement à ma cause, à celle d'un grand nombre de Français, pour ne point lui donner toute la publicité possible.

Le 13 septembre 1814, le Roi fit présenter à la Chambre des Députés un projet de loi en 13 articles, relatif aux biens non vendus des émigrés.

Le préambule s'exprime ainsi : « Dans les dis- » positions de cette loi, nous avons considéré le » devoir que nous inspirait l'intérêt de nos peu- » ples, de concilier un acte de justice avec le » respect dû à des droits acquis par des tiers en » vertu des lois existantes ». Et à l'article 2 : » Tous les biens immeubles, etc., etc., seront » rendus en nature à ceux qui en étaient pro- » priétaires, leurs héritiers et ayans cause, etc. »

Dans cette loi, aucun article, ni directement, ni indirectement, ne parle de réduction de créance, de sursis de paiement.

Le projet fut renvoyé à l'examen des bureaux, et le 17 octobre 1814, le rapporteur de la commission centrale prononça un très-long discours où il développa toutes les objections faites dans les bureaux, et jusqu'aux considérations mises en avant par des émigrés. (Ces observations, ces réclamations, entièrement semblables à celles que l'on ressuscite aujourd'hui, furent écartées après une longue et mûre discussion).

La distribution de ce rapport fut faite au nombre de six exemplaires, et le 24 octobre, six semaines après la présentation du projet, l'on commença à entendre les divers orateurs.

Pendant six jours, quarante-deux députés parlèrent pour ou contre le projet (1); la question qui nous occupe y fut présentée sous toutes ses phases. Le ministère, le rapporteur de la commission, furent de nouveau entendus, dans l'intérêt de la loi soumise à la chambre, dans l'intérêt de la classe de ceux à l'appui desquels les articles du projet avaient été combinés; et le 2 novembre la délibération s'ouvrit,

Sur le projet de loi,

Sur le projet de la commission,

Sur les nombreux amendemens qui avaient été proposés.

La discussion dura trois jours; beaucoup d'ora-

---

(1) Voyez dans le moniteur, les séances des 24, 25, 26, 27, 28, et 31 octobre 1814.

teurs se firent encore entendre ; enfin les 13 articles du projet de loi furent adoptés avec de légères modifications, et l'on en ajouta un 14.ᵉ qui, en accordant aux émigrés un sursis pour la libération de leurs dettes, jusqu'au 1.ᵉʳ janvier 1816, sanctionnait le principe incontestable des droits de leurs créanciers, puisqu'il autorisait ces derniers à faire tous les actes conservatoires de leurs créances. LeRoi et la Chambre des Pairs adoptèrent le projet ainsi modifié; la loi parut le 5 décembre 1814.

Qui croirait qu'après une sanction aussi unanime, l'on eût conservé l'arrière-pensée de revenir sur cette loi? devait-on s'attendre à la voir attaquer dans ses principes ? pouvait-on présumer qu'on en viendrait jusqu'à jeter des doutes sur la valeur intégrale des créances sur les émigrés; et qu'on oserait enfin proposer un sursis d'une cinquième année (1) ?

Il devrait, ce me semble, en être des décrets

---

(1) Depuis 1814, le gouvernement ne s'est plus chargé de l'exploitation des bois rendus aux émigrés. Les coupes qui devaient se faire à la fin de cette même année 1814, et successivement en 1815, 1816, 1817, ont été opérées par les émigrés ou leurs fondés de pouvoir , et à leur profit; tous ont fait au moins quatre coupes.

de nos chambres législatives ainsi que des arrêts de nos tribunaux : l'opinion de la minorité reste sans autorité sitôt que le jugement est rendu. Il est aisé de sentir, il est urgent de mesurer les conséquences désastreuses d'un système contraire. Toutefois, attendu que M. Bourdeau, dans son discours du 5 janvier de cette année, s'est étayé de l'opinion de quelques-uns des membres qui ont parlé dans la longue et remarquable discussion de 1814, ouvrons le Moniteur : nous trouverons que dans le projet de loi, aussi bien que dans le rapport de la commission centrale, il n'a été exprimé, ni directement, ni indirectement, l'intention de solliciter par la suite aucune espèce de réduction dans les créances, duement et également constatées; et que, sur les quarante-deux orateurs qui ont émis leur opinion en faveur de la loi sollicitée, deux membres seulement ont tenté cette proposition inconcevable.

Poursuivons notre recherche avec impartialité : nous ferons observer qu'alors, en effet, le rapporteur de la commission voulait bien, par un dernier article de son travail, *que le Roi fût supplié de présenter un projet de loi pour fixer les droits des émigrés et de leurs créanciers ;* mais ce fut aussi contre cette partie de son rapport que s'élevèrent principalement la majorité des membres de la Chambre, et le plus grand nombre des orateurs. Nous ferons surtout observer que cette proposition fut rejetée, et rejetée, malgré la persévérance du rapporteur de la commission, qui la représenta et la défendit de nouveau dans la séance du 31 octobre, et malgré l'attaque bien directe, dirigée contre l'orateur qui avait le plus victorieusement refuté ses assertions dans la séance du 28.

« C'est le seul, dit-il, en parlant du dis-
» cours de cet adversaire bon logicien, c'est le
» seul qui ait traité le sujet à fond. Il ajoute :
» *Le principe qu'il a posé est incontestable, mais*
» *s'applique-t-il au cas présent»* (1) ? Non-seulement la chambre, aussi bien que son rapporteur, a trouvé *le principe incontestable* ; mais encore elle l'a trouvé parfaitement *applicable au cas présent*; et malgré l'influence qu'exerce toujours sur une assemblée l'orateur d'une commission centrale, malgré les talens bien connus de ce rapporteur, cet article du travail qu'il soumet-

---

(1) L'hommage rendu par le rapporteur à un discours qu'il attaquait, m'a déterminé à rapporter en entier ce morceau que je crois véritablement utile à la question que je traite : *voyez* à la suite.

tait à la Chambre a été rejeté, tout-à-fait rejeté.

Il est donc bien constant que la chambre de
1814 n'a point eu l'intention de reconnaître
un principe qui tendait à amener, d'une façon
quelconque, la réduction de créances consa-
crées par la loi même qu'elle venait de sanc-
tionner. Donc, le discours de M. Bordeau,
étant appuyé sur une bâse qui n'existe pas,
toutes les conséquences qu'il prétend tirer
d'un système qu'il était impossible de faire triom-
pher en 1814, sont entièrement dénuées de
force, et impliquent contradiction.

Si M. Bourdeau, trop occupé des travaux
de la Chambre, avait pris la peine de lire, comme
nous, le Moniteur, il n'aurait pas dit, dans
son discours du 5 janvier : « Il est évident que
» le sursis, éxprimé en l'article 14 de la loi
» du 5 décembre 1814, ne fut admis que pour
» donner au gouvernement le temps de présen-
» ter une loi de réduction et règlement de
» créance, *exprimée dans le sens manifesté*
» par la discussion ». Il me semble qu'il est plus
qu'évident, au contraire, que si la chambre
avait voulu donner au gouvernement le temps
d'organiser une loi de réduction, elle aurait
laissé subsister l'article proposé par le rappor-

teur de la commission , et qu'elle a au contraire rejeté après une si longue délibération.

C'est cependant cette même proposition , si solennellement discutée et rejetée, que l'on voudrait faire renaître de ses cendres aujourd'hui. Quelle confiance les Français et l'Europe entière auront-ils dans nos lois, dans nos transactions publiques et privées, si nos législateurs, séduits par des considérations particulières , ne craignent pas de revenir sur des lois , sanctionnées par tous les corps de l'État ? N'est-il pas temps enfin de songer que de tous les maux qui menacent le corps social , le plus déplorable résulte toujours des entraves mises au cours de la justice.

C'est sur la foi de la loi du 5 décembre 1814 , d'une loi discutée avec tant de publicité, qu'une multitude de partages ont été faits , que de nombreuses transactions et délégations, que des traités de toute nature, ont eu lieu, et ont saisi de nouveaux propriétaires de droits sacrés, de titres authentiques sur des émigrés. La Chambre de 1814 et celle de 1816 ont rempli la plénitude des égards que l'on sollicitait d'elles. Un événement sans exemple dans les fastes de la nation, les trop fameux cent jours , avaient servi de prétexte à la loi du 16 janvier 1816. Le second sursis qu'on avait accordé, vient d'expirer ; aujourd'hui il n'y a plus même de prétexte. Et ce serait après le bienfait de la loi qui fait cesser, au profit des émigrés, la confiscation de leurs biens, que cette même loi, tutélaire pour les uns, foudroyante pour les autres, confisquerait de fait, pendant une année encore, la propriété de leurs créanciers ! Non, à la Chambre des mandataires de la nation on ne saurait voir professer une doctrine aussi destructive de tout ordre établi, une doctrine plus opposée aux principes de la raison, de la justice, de tout droit public.

La Chambre ne saurait considérer la question sous un point de vue différent de celui qui la fit passer à l'ordre du jour (1) dans sa dernière session, lors de la demande d'une loi, pour fixer le mode de liquidation des créances des émigrés.

---

(1) M. Courvoisier, rapporteur de la Commission, proposa, et la Chambre adopta l'ordre du jour motivé sur ce que la proposition faite était contraire aux lois civiles. (*Moniteur du 25 janvier* 1817.)

Séance du 28, Moniteur du 30 octobre 1814.

DISCOURS DE M. B.***

L'objet principal que je me suis proposé, en montant à la tribune, a été de combattre le dernier article du projet de la commission relativement aux créanciers, et de demander qu'il soit écarté par la question préalable.

DERNIER ARTICLE XVII.

Une loi particulière réglera les droits et actions des créanciers des émigrés, relativement aux biens dont la remise est ordonnée par la présente loi.

Quant à la loi, je l'adopte purement et simplement, telle qu'elle a été présentée par le ministre.

« Nous devons nous empresser, dit M. B.***,
» de seconder les vues de bienfaisance du Roi ;
» mais s'il faut qu'il nous soit permis d'aller au-
» delà, songez, Messieurs, que la loi sur laquelle
« vous avez à prononcer, est le résultat des plus
» mûres délibérations. C'est dans les vues d'une
» profonde sagesse, en considérant l'intérêt de
» ses-peuples et la situation des finances, que le

» Roi a cru devoir mettre des bornes à sa bien-
» veillance envers les émigrés. Est-ce à nous de
» les outre-passer ? Pouvons-nous ajouter à cette
» loi les sacrifices, les abandons, les concessions
» qui nous ont été proposés par plusieurs préopi-
» nans, sans grossir énormément les charges de
» l'Etat, et gréver d'autant les contribuables ?

» Je viens à l'article 17 par lequel votre com-
» mission veut qu'une loi particulière règle les
» droits et actions des créanciers des émigrés,
» relativement aux biens dont la remise leur se-
» rait faite d'après la loi proposée. Comme on a
» appuyé cet article par des raisonnemens très-
» spécieux, je crois de mon devoir d'opposer la
» force des principes à de simples considérations.

» Celui qui a contracté une dette ne peut se
» libérer que par le paiement ou par la remise
» volontaire qu'en fait le créancier ; c'est une
» grande erreur de croire que les émigrés doi-
» vent être exceptés de cette règle générale, parce
» que la nation a confisqué leurs biens, et que
» les lois des 28 septembre 1792 et 28 juillet
» 1793 ont ouvert à leurs créanciers la voie de
» la liquidation de leurs créances et de l'inscrip-
» tion sur le grand livre.

» Outre que la plupart des créanciers des émi-
» grés n'avaient que de simples promesses, que

» ceux-mêmes qui avaient des titres authentiques,
» éprouvaient mille difficultés avant de parvenir
» à les faire liquider ; un grand nombre , plutôt
» que de s'exposer à n'obtenir qu'un paiement
» à peu près nul, ont mieux aimé attendre le re-
» tour de leurs débiteurs. Quelles qu'aient pu
» être les lois rendues pendant l'émigration de
» ces derniers, s'ils devaient, ils doivent encore.

» Pour fortifier mon opinion par une autorité
» importante et capable de déterminer celle de
» la Chambre, M. B*** lit la déclaration pu-
» bliée officiellement , dans le Moniteur et les
» autres journaux, ayant pour objet de faire
» connaître que l'ordonnance royale du 7 octo-
» bre , concernant la restitution des biens non
» aliénés du duc d'Orléans, *n'affecte en aucune*
» *manière les droits des créanciers sur ces mê-*
» *mes biens* (a), lorsque l'on voit Sa Majesté

____

(a). *Moniteur du 22 octobre* 1814.

« Nous sommes autorisés à publier que l'ordonnance
» du Roi du 7 octobre , en interprétation de celle anté-
» rieure, par laquelle sa majesté a restitué à LL. AA.
» SS. monseigneur le duc d'Orléans et Mademoiselle

» craindre que l'on abuse du silence qu'elle
» avait gardé, relativement à ces droits, et s'em-
» presser de prévenir toute interprétation erro-
» née ; oserait-on soutenir, poursuit l'orateur ,
» que les biens non vendus doivent être rendus
» affranchis de toute hypothèque.

» Toutes celles dont étaient grévées les biens
» rendus aux émigrés par suite de leur radiation ,
» de leur élimination et de leur amnistie , n'ont-
» elles pas repris leur valeur dès l'instant qu'ils
» sont rentrés dans ces biens, et les émigrés, pré-
» sens ou absens, ont-ils cessé un instant d'être
» débiteurs des billets, des promesses et de tous
» les autres engagemens qu'ils avaient souscrits
» ayant leur émigration ; aucun d'eux n'a élevé
» cette prétention? aucun ne s'est présenté de-
» vant les tribunaux pour dire que ses hypothè-
» ques étaient éteintes.

» M. B*** rappelle les différentes observa-
» tions émises à la tribune pour soutenir ou com-
» battre l'article de la commission.

» Ces variations, ajoute-t-il, prouvent qu'on ne

» d'Orléans sa sœur, leurs biens non aliénés, n'affecte en
» aucune manière les droits des créanciers de la succes-
» sion de feu monseigneur le duc d'Orléans leur père,
» et n'a nullement pour objet de nuire à ces droits.

» peut que s'égarer en quittant la ligne des prin-
» cipes. Abandonnons les systèmes et les vaines
» théories, et laissons aux tribunaux le soin de
» rendre la justice à qui elle est dûe.

» La loi qui vous est présentée n'est autre
» chose que le complément du sénatus-consulte
» du 6 floréal an 10 qui rendait aux émigrés leurs
» biens non vendus. Elle a pour objet de faire
» cesser la plupart des exceptions qui y sont stipu-
» lées, et de donner à cet acte une exécution plus
» libérale. Il n'est question, ni dans l'une, ni dans
» l'autre, des créanciers des émigrés ; la raison en
» est simple : tout est réglé entre les créanciers et
» les débiteurs par le droit commun. Ne laissons
» pas subsister d'équivoque sur le sort des créan-
» ciers, dont il ne serait pas juste de confisquer la
» fortune en faisant cesser la confiscation de
» celle des émigrés ».

Je vote pour l'adoption pure et simple de la
loi, pour le rejet de tous les articles additionnels,
de tous les amendemens proposés, tant par la
commission que par le préopinant.

De l'Imprimerie d'ABEL LANOE, rue de la Harpe,
n.° 78.